Ffr...
am byth

a storïau eraill

Emma Thomson

Addasiad Eiry Miles

DYMUNIAD

Mae'r llyfr hwn yn cynnwys dymuniad arbennig iawn i ti
a dy ffrind gorau.

Gyda'ch gilydd, daliwch y llyfr bob pen,
a chau eich llygaid.

Crychwch eich trwynau a meddwl am rif
sy'n llai na deg.

Agorwch eich llygaid, a sibrwd eich rhifau
i glustiau'ch gilydd.

Adiwch y ddau rif gyda'i gilydd. Dyma'ch

Rhif Hud

ti

dy
ffrind
gorau

Rhowch eich bys bach ar y sêr,
a dweud eich rhif hud yn uchel,
gyda'ch gilydd. Nawr, gwnewch eich dymuniad
yn dawel i'ch hunan. Ac efallai, un diwrnod,
y daw eich dymuniad yn wir.

Cariad mawr

Siriol
x

I Mathilde Roque de Pinho
gyda dymuniadau arbennig
E.V.T.

Felicity Wishes © 2000 Emma Thomson
Trwyddedwyd gan White Lion Publishing

Cyhoeddwyd gyntaf ym Mhrydain yn 2005
gan Hodder Children's Books

Cyhoeddwyd gyntaf yn Gymraeg yn 2010 gan
Wasg Gomer, Llandysul, Ceredigion, SA44 4JL.
www.gomer.co.uk

ⓑ testun a'r lluniau: Emma Thomson, 2005 ©
ⓑ testun Cymraeg: Eiry Miles, 2010 ©

ISBN 978 1 84851 130 9

Noddwyd gan Lywodraeth Cynulliad Cymru.

Argraffwyd a rhwymwyd yng Nghymru gan
Wasg Gomer, Llandysul, Ceredigion.

CYNNWYS

Ffrindiau am Byth

'Beth yw'r sŵn 'na?!!' gwaeddodd Siriol Swyn dros y twrw.

'Mae'n swnio fel rhywun yn cael ei ddant wedi ei dynnu,' meddai Poli, a oedd yn gwybod am bethau fel'na. Roedd hi am fod yn un o dylwyth teg y dannedd ar ôl gadael Ysgol y Naw Dymuniad.

'Mae'n dod o'r ystafelloedd gwisgo,' meddai Moli, gan roi ei dwylo'n dynn dros ei chlustiau. 'Beth am fynd i weld!'

Ac i ffwrdd â'r tair tylwythen deg i gyfeiriad y gampfa. Wrth iddynt ddod yn nes, aeth y sŵn o ddrwg i waeth.

'SooooooooLllllllllaaaaaaFFfffffaaaa-aaa.'

'Wyt ti'n iawn yn fan'na?' gwaeddodd Siriol, gan guro ar y drws.

'Mmmmmiiireeeeee? Wwwwwwrth fy modd!' gwichiodd llais bach cyfarwydd.

'Mali?!' bloeddiodd Siriol, Poli a Moli gyda'i gilydd.

'Ie,' meddai Mali gan wenu, wrth roi ei phen rownd y drws.

'Beth oeddet ti'n ei wneud yn fan'na?' holodd Poli, yn llawn chwilfrydedd.

'Mae gen i glyweliad ar gyfer côr yr ysgol ar ôl cinio, felly ro'n i wrthi'n cynhesu fy llais.'

'Roeddet ti'n canu?!' meddai Siriol, gan edrych yn syn.

'Roedd yn swnio fel taset ti mewn poen,' mwmiodd Moli dan ei hanadl.

'Rwy'n canu i 'mhlanhigion o hyd ac o hyd, ac rwy'n siŵr eu bod nhw'n mwynhau gwrando arna i, felly fe benderfynais i roi cynnig ar y côr,' meddai Mali, heb sylwi ar wynebau syn y tylwyth teg eraill.

Roedd ffrindiau Siriol yn bwysig iawn iddi, ac roedd hi'n gwneud ei gorau glas i fod yn ffrind da i bawb bob amser, yn enwedig Poli, Moli a Mali. Ond weithiau, roedd hynny'n anodd iawn – doedd dim ffordd garedig o ddweud wrth Mali ei bod hi'n canu'n gwbl fflat.

'Beth am wneud clyweliad fel grŵp, er mwyn i ni i gyd ymuno â'r côr?' meddai Siriol, gan feddwl yn chwim. 'Wedi'r cyfan, mae ffrindiau gorau bob amser yn gwneud y pethau gorau gyda'i gilydd.'

'Dyna syniad grêt!' meddai Mali'n gyffrous. 'Byddwn ni'n siŵr o greu mwy o argraff fel grŵp.'

'Mm, ie, syniad gwych,' meddai Moli yn bigog. Roedd hi wedi bwriadu disgleirio mewn perfformiad ar ei phen ei hun.

'Wel, dim ond hanner awr sydd ar ôl i ymarfer, felly mae'n well i ni fwrw ati,' meddai Poli.

* * *

O'r diwedd, daeth tro'r pedair tylwythen deg i ganu. Gan ddal dwylo'i gilydd, aethon nhw ar y llwyfan i ganu eu hoff gân – 'Ffrindiau am Byth'.

Roedd Siriol wedi gofyn i Poli a Moli ganu mor uchel â phosib, er mwyn boddi llais fflat Mali.

'Da iawn, dylwyth teg,' meddai Miss Alaw, gan guro'i dwylo ar ddiwedd eu perfformiad. 'Os gwelwch yn dda, a wnewch chi'ch dwy aros yng nghefn y neuadd,' meddai, gan bwyntio at Mali a Poli, 'ac fe gewch chi'ch dwy aros draw fan'na,' meddai, wrth Siriol a Moli.

'NESAF!' bloeddiodd, gan edrych i lawr ar ei rhestr hir.

'Tybed pam ein bod ni wedi cael ein gwahanu?' sibrydodd Moli wrth Siriol, wrth iddyn nhw ymuno â grŵp bach o dylwyth teg wrth y piano.

'Gobeithio bod Mali a Poli wedi cael lle yn y côr,' atebodd Siriol yn dawel. Roedd hi'n poeni bod Miss Alaw wedi eu rhannu'n grŵp 'ennill' a grŵp 'colli'.

'Ni, nid y nhw, sydd heb gael eu dewis,' mynnodd tylwythen deg dal, mewn ffrog las ddisglair.

'Dim ond am ychydig o sbort y gwnes i gynnig,' ychwanegodd. 'Oherwydd bod fy llais i mor wichlyd, wnes i ddim meddwl am eiliad y byddwn i'n cael fy newis.'

Roedd golwg syn ar wyneb Moli. Doedd hi ddim wedi arfer colli, yn enwedig mewn cystadlaethau canu. Roedd hi'n siŵr y byddai hi'n seren ryw ddydd, a wnaeth hi ddim meddwl am eiliad y byddai'n cael ei gwrthod gan gôr yr ysgol.

'Wel, os felly,' sibrydodd Siriol wrth Moli, 'bydda i'n hapus iawn. Mae ffrind da bob amser yn dymuno'r gorau i'w ffrindiau, ac roedd Mali ar dân eisiau bod yn y côr, yn fwy na'r un ohonon ni.'

'Ro'n i'n iawn!' meddai'r dylwythen deg dal, gan bwyntio at gefn y neuadd.

Roedd yr holl dylwyth teg a gafodd eu hanfon yno, gan gynnwys Mali a Poli, yn gweiddi'n llawn cyffro wrth i Miss Alaw geisio eu tawelu.

'Dylwyth teg! Byddwch yn dawel, os gwelwch yn dda, tan i mi gael cyfle i siarad gyda'r grŵp arall.'

Wrth i Miss Alaw gerdded draw at y piano, roedd Siriol yn teimlo'n falch dros Mali, ond roedd Moli wedi'i rhewi yn yr unfan – roedd yn rhaid iddi gael lle yn y côr, neu byddai ei henw da yn rhacs.

'Mae gan bob un ohonoch leisiau uchel iawn,' meddai Miss Alaw.

'Wyt ti'n gweld?' sibrydodd y dylwythen deg dal wrth Siriol, gan baratoi i adael.

'Mae angen pob math o leisiau

i wneud côr llwyddiannus. Lleisiau isel, fel y trebl a'r tenor,' meddai Miss Alaw, gan edrych ar y tylwyth teg yng nghefn y neuadd, 'a lleisiau uwch, fel eich lleisiau chi.'

Llyncodd Moli ei phoer. Doedd pethau ddim yn edrych yn dda.

'Llongyfarchiadau, dylwyth teg,' aeth Miss Alaw yn ei blaen, 'rydych wedi cael eich dewis i ganu desgant, soprano ac alto yng Nghôr Tylwyth Teg Ysgol y Naw Dymuniad.'

'Hwrê!' meddai Siriol, a'i hadenydd yn crynu wrth iddi gofleidio Moli. 'Rydyn ni i gyd wedi llwyddo!' gwaeddodd, gan redeg at Mali a Poli er mwyn i bawb gael cofleidio'i gilydd.

* * *

Ond dros y dyddiau nesaf, sylweddolodd Siriol nad oedd y côr yn gymaint o hwyl ag y dychmygodd hi.

Roedd pob math o bethau i'w dysgu – darllen cerddoriaeth ar yr olwg gyntaf, anadlu'n gywir gan ddefnyddio'r bol, a deall symudiadau dwylo Miss Alaw oedd yn dangos pryd i wneud pethau fel 'dod i mewn', 'canu'n dawel', 'canu'n uchel', neu weithiau, 'peidio â chanu o gwbl!'

Er hynny, nid dysgu'r pethau newydd hyn i gyd oedd y peth mwyaf anodd i Siriol, ond rhywbeth roedd hi'n teimlo'n gyfrifol amdano, i raddau . . .

'Mae'n rhaid i mi ddweud hyn yn blwmp ac yn blaen,' clywodd Siriol aelod arall o'r côr yn dweud wrth ei ffrind, 'dydy Mali ddim yn gallu canu o gwbl.'

'Rwy'n gwybod,' cytunodd y ffrind, 'mae'n gwneud i ni i gyd swnio'n ofnadwy.'

Yna, daeth Siriol i wybod bod y rhan

fwyaf o'r tylwyth teg yng ngrŵp y tenor a'r trebl wedi bod yn dweud hyn ymhlith ei gilydd ers sbel. Felly, penderfynodd geisio gwneud rhywbeth am y peth.

'Rwy' wedi bod yn meddwl,' meddai wrth Mali, Poli a Moli yn ystod un amser egwyl. 'Rwy'n credu y dylen ni i gyd roi'r gorau i'r côr.'

'Rhoi'r gorau i'r côr?' medden nhw gyda'i gilydd.

'Ie,' meddai Siriol yn ddifrifol. 'Ers i ni gael ein rhoi mewn grwpiau, dydyn ni byth yn cael cyfle i dreulio amser gyda'n gilydd.'

'Wel,' meddai Poli'n feddylgar, 'os ydyn ni'n ffrindiau go-iawn, fe ddylen ni wneud amser i'n gilydd. Felly, pam na wnawn ni wneud yn siŵr ein bod yn dod at ein gilydd o leiaf un amser egwyl bob dydd?'

Cytunodd Moli a Mali yn syth.

Doedd Siriol ddim wedi disgwyl

y byddai mor anodd eu perswadio i adael y côr.

'Mm, nid dim ond hynny yw'r broblem, mae rhywbeth arall yn gwneud i mi deimlo'n anhapus ynglŷn ag aros yn y côr,' meddai, gan geisio meddwl am rywbeth yn gyflym.

'Beth?' mynnodd Mali.

Roedd Moli a Poli'n gwybod bod Siriol wrthi'n cynllwynio rhywbeth, ond doedden nhw ddim yn gallu dyfalu'n union beth roedd hi'n ei wneud.

'Mm . . .' meddai Siriol yn ffwndrus.

Yn sydyn, roedd ganddi gynllun gwell o lawer. 'Rwy'n poeni 'mod i ddim yn gallu canu cystal â phawb arall, a 'mod i'n mynd i ddifetha'r holl beth i bawb,' parablodd yn wyllt, gan obeithio nad oedd dweud celwydd golau yn beth ofnadwy o ddrwg.

Ar ôl llawer o brotestio a thrafod, esboniodd Siriol mai'r unig ffordd y byddai hi'n teimlo'n ddigon hyderus i aros yn y côr fyddai trwy gael cefnogaeth gan ei ffrindiau. Pan gynigiodd Mali, Poli a Moli roi gwersi ychwanegol iddi, wnaeth hi ddim gwrthod. Gyda lwc, byddai ei chynllun yn gweithio.

'Diolch am wneud hyn,' meddai Siriol, pan gyrhaeddodd dŷ Mali y noson ganlynol.

'O, popeth yn iawn,' meddai Mali, 'os wyt ti'n credu y gelli di wneud rhywbeth, fe wnei di lwyddo!' meddai, gan arwain Siriol i'w hystafell fyw, lle'r oedd Moli a Poli'n cynhesu eu lleisiau.

'Reit,' meddai, gan roi brwsh gwallt i Siriol. 'I mi, mae microffon bob amser yn help. O'r dechrau. Un, dau, tri . . .'

Roedd Siriol yn dawel.

'Cer amdani!' meddai Mali. 'Does bosib dy fod ti'n swil o flaen dy ffrindiau gorau?'

'Pam na wnawn ni hyn gyda'n gilydd?' awgrymodd Siriol. 'Fe gana' i fy rhan soprano uchel, a chana' di dy ran

tenor isel, a gall Moli a Poli fod yn athrawon llais. Wedyn, gallwn ni weld ble rwy'n canu'n anghywir.'

'Iawn, beth am i ni ddechrau o'r dechrau eto,' cytunodd Mali.

Cyn gynted ag y dechreuodd Siriol a Mali ganu, roedd hi bron yn amhosibl i Moli a Poli beidio â phiffian chwerthin – roedd Siriol yn ardderchog ond roedd Mali'n wirioneddol ofnadwy.

Ar ôl dwy awr o ganu di-baid, cwympodd Siriol a Mali yn swp blinedig ar y soffa, a rhoddodd Moli a Poli ochenaid o ryddhad – roedd eu stumogau'n brifo ar ôl ceisio rhwystro'u hunain rhag chwerthin.

'Peidiwch â bod yn grac gyda ni,' meddai Moli a Poli, wrth i'r ddwy suddo'n ddyfnach i'r soffa gan ddal i chwerthin yn dawel fach.

'Pam yn y byd y bydden ni'n grac gyda chi?' gofynnodd Siriol yn ddryslyd.

Tynnodd Moli recordydd tâp o'r tu ôl i'r soffa.

'Fe wnaethon ni eich recordio chi, yn gyfrinachol,' meddai Poli'n nerfus.

'Am syniad da!' meddai Mali. 'Siriol, byddi di'n gweld yn fuan iawn nad oes unrhyw reswm i ti adael y côr.'

Trodd Mali y tâp yn ôl ar y peiriant. Roedd golwg chwithig ar wyneb Siriol.

'Does dim rhaid gwrando,' meddai, gan edrych yn bryderus ar Moli a Poli. 'Wir, rwy'n gwybod yn barod 'mod i'n ofnadwy.'

'Does 'na ddim ffasiwn beth ag ofnadwy,' meddai Mali. 'Y cyfan sydd ei angen yw ymarfer, a dydw i ddim yn credu y bydd angen llawer o ymarfer arnat ti chwaith.' Gosododd y peiriant ar y bwrdd, gwasgu'r botwm ac eistedd yn ôl.

Cyn gynted ag y dechreuodd y canu, lledodd golwg o arswyd dros wyneb Mali.

'Mae'n rhaid fy mod i wedi'i chwarae ar y cyflymder anghywir!' meddai, gan symud i flaen ei sedd yn gyflym i gael golwg ar y peiriant.

21

'Doeddet ti ddim yn swnio mor ddrwg â hyn,' meddai wrth Siriol, gan gyffwrdd ei llaw'n ysgafn.

Ond wrth chwarae'r tâp eto ac eto, aeth y canu i swnio'n waeth byth, ac yn fuan dechreuodd Mali sylweddoli nad canu Siriol oedd yn swnio'n ofnadwy, ond ei llais hi ei hun.

'O Siriol!' wylodd Mali'n wyllt. 'Rwy'n ofnadwy! Pam na wnes i sylweddoli hynny? Roeddet ti'n swnio'n berffaith, ac ro'n i allan o diwn YN LLWYR!'

'Doeddet ti ddim mor ddrwg â hynny,' meddai Moli a Poli'n garedig.

'Wyt ti'n cofio beth ddywedaist ti pan ddes i yma'r tro cyntaf?' meddai Siriol, gan roi ei braich o gwmpas Mali. 'Os wyt ti'n credu y gelli di wneud rhywbeth, fe wnei di lwyddo.'

Gallwn ni wneud hyn gyda'n gilydd, Mali. Dyna mae ffrindiau'n ei wneud.'

'Wyt ti wir yn credu hynny?' gofynnodd Mali, gan sychu ei llygaid.

'Ydw, wir,' meddai Siriol, gan droi'r tâp a rhoi'r brwsh gwallt i Mali.

'Reit,' meddai hi, 'ti ddywedodd mai'r "cyfan sydd ei angen yw ymarfer". Felly, o'r dechrau. Un, dau, tri . . .' A gwasgodd Poli a Moli'r botwm recordio.

* * *

Dechreuodd Siriol a Mali ymarfer bob nos ar ôl ysgol, a phob nos byddai'r sŵn ar y tâp recordio'n gwella.

Sylwodd Siriol bod llawer llai o sibrwd erbyn hyn y tu ôl i gefn Mali yn yr ymarferion côr.

Un noson, wrth i Siriol a Mali eistedd i wrando (heb wingo!) ar y recordiad roedden nhw newydd ei wneud, clywon nhw gnoc ar y drws.

'Miss Alaw!' meddai Mali yn syn.

'O Mali! Do'n i ddim yn gwybod dy

fod ti'n byw yma,' meddai, wedi'i syfrdanu. 'Ro'n i'n hedfan adref pan glywais ddeuawd ardderchog yn canu'r gân rydyn ni'n ei dysgu yn y côr. Roedd yn rhaid i mi wybod pwy oedd yn canu.'

'O, recordiad yw e,' meddai Mali, gan arwain Miss Alaw i mewn i'r tŷ.

Eisteddodd Miss Alaw gyda nhw tan i'r tâp orffen.

'Bendigedig!' meddai, dan deimlad. 'Mae canu mewn deuawd yn llawer anoddach na chanu mewn côr.'

'Ydy,' cytunodd Mali a Siriol.

'Mewn côr, rydych chi'n gallu cuddio camgymeriadau bach yn rhwydd, ond gyda dau lais, mae'n rhaid iddo fod yn berffaith. Dyma'r ddeuawd orau i mi ei chlywed erioed!' meddai Miss Alaw yn freuddwydiol.

Gwridodd Siriol a Mali.

'Ydych chi'n gwybod ble galla i ddod o hyd i gopi?' gofynnodd Miss Alaw.

'Gallwch chi gael hwn, os hoffech chi,' meddai Mali, gan roi'r tâp iddi.

'Rwyt ti'n garedig iawn. Pwy sy'n canu hwn, 'te?' meddai Miss Alaw, gan graffu ar y tâp yn ei llaw. 'Gadewch i mi ddyfalu . . . Anatela Belingo a'r Fonesig Gwenhwyfar Swyn?'

'Ni'n dwy,' meddai Mali.

'O, rwy'n deall mai ti biau'r tâp,' meddai Miss Alaw, gan edrych yn ofalus arno, 'ond pwy sy'n canu?'

'Na, ni sy'n canu, wir,' meddai Siriol yn falch, gan ddweud wrthi am eu sesiynau ymarfer ychwanegol.

* * *

Ar ddiwedd ymarfer nesaf y côr y diwrnod canlynol, roedd gan Miss Alaw rywbeth arbennig i'w ddweud.

'Rwy'n falch o ddweud bod Côr Tylwyth Teg Ysgol y Naw Dymuniad nawr yn perfformio'r darn hwn o gerddoriaeth yn berffaith. Hoffwn longyfarch pob un ohonoch chi. Rwy'n teimlo mor falch ohonoch chi fel fy mod wedi penderfynu y byddwn ni'n cystadlu mewn cystadleuaeth ryngwladol, gydag un newid arbennig – bydd y ffrindiau gorau, Siriol a Mali, yn perfformio'r rhan ganol fel deuawd.'

Bloeddiodd côr y tylwyth teg yn falch, yn enwedig Mali – roedd hi'n bloeddio mewn tiwn gyda phawb arall am y tro cyntaf yn ei bywyd!

Mae ffrindiau gorau...

...yn gwneud y pethau
gorau gyda'i gilydd

Cyfrinachau Diogel

'Dyw Miss Alaw byth yn hwyr,'
sibrydodd Siriol Swyn wrth Poli, pan
oedden nhw'n eistedd yn neuadd yr
ysgol yn aros i'r ymarfer côr ddechrau.

'Gobeithio y bydd hi'n cyrraedd cyn
bo hir,' meddai Mali, yn bryderus. 'Dim
ond pythefnos arall sydd ar ôl tan
y gystadleuaeth, ac mae angen
gweithio i wella rhai rhannau.'

Yn sydyn, cerddodd Brenhines y
Tylwyth Teg i mewn.

'Yn anffodus, fydd Miss Alaw ddim
ar gael amser cinio heddiw,' meddai.

'Gallwch chi ymarfer ar eich pen eich hunain, neu mae croeso i chi fynd allan i fwynhau'r tywydd braf.' Gyda hynny, hedfanodd allan.

'Ymarfer ar ein pen ein hunain?!' ebychodd Poli. 'Sut gallwn ni? Mae'n amhosibl!'

Er nad oedd Siriol yn hoffi cydnabod bod rhywbeth yn amhosibl, roedd yn rhaid iddi gytuno â Poli. Er bod y côr i gyd yn gallu canu mewn tiwn nawr, doedden nhw ddim yn gallu cadw'r un amseriad! Doedd dim gobaith iddyn nhw heb Miss Alaw.

'Rwy'n siŵr y bydd Miss Alaw yn ôl fory,' meddai Siriol yn serchog wrth bawb, 'ac mae pythefnos i fynd tan y gystadleuaeth. Beth am fynd allan i fwynhau'r heulwen?'

* * *

Ond doedd dim golwg o Miss Alaw yn yr ymarferion côr amser cinio am weddill yr wythnos, a dechreuodd y tylwyth teg boeni. Os oedden nhw am gael unrhyw siawns o ennill y gystadleuaeth, byddai'n rhaid iddyn nhw ymarfer ddydd a nos am wythnos gyfan.

'Beth am gael ysgytlaeth mawr trwchus yng Nghaffi Seren?' gofynnodd Moli wrth i'r gloch olaf ganu brynhawn dydd Gwener. 'Mae'n rhaid i ni ddewis lle i gael ein picnic yfory.'

'Alla i ddim, yn anffodus,' meddai Siriol. Roedd hi'n edrych yn llai siomedig nag y byddai fel arfer pan oedd hi'n methu mynd i Gaffi Seren. 'Mae'n rhaid i mi hedfan i Ffridd-las y prynhawn 'ma.'

'Dyna drueni,' meddai Poli. 'Pam rwyt ti'n mynd yno?'

Ceisiodd Siriol edrych yn ddigalon. 'O, dim byd mawr . . . dim ond rhywbeth arbennig ar gyfer y picnic!' meddai, gan wenu o glust i glust.

'Dwed wrthon ni! Dwed wrthon ni!' ymbiliodd ei ffrindiau.

'Mae'n gyfrinach!' meddai, gan godi ei bag ysgol a hedfan at y drws. 'Bydd yn rhaid i chi aros tan fory!'

* * *

Roedd Siriol yn hoffi rhoi syrpreis i bobl, a dechreuodd ei hadenydd sboncio'n gyffrous wrth feddwl am roi syrpreis i'w ffrindiau gorau.

Roedd siop gacennau Ffridd-las yn un o'r rhai gorau yng ngwlad y tylwyth teg. Roedd 'Bynsen Bert' yn Nhre'r Blodau'n wych ar gyfer pethau bob dydd fel toesen, cacen hufen neu darten, ond os oeddech am rywbeth cwbl arbennig, doedd unman yn curo 'Melys a Blasus'.

'Archeb pum deg chwech!' gwaeddodd y dylwythen deg y tu ôl i'r cownter. 'Cacen tw̑r tal gyda mefus a hufen a chopa disglair,' gwaeddodd eto.

'Fi piau honna!' meddai Siriol, gan lyfu ei gwefusau.

'Bydd yn barod mewn pum munud,
ar ôl i ni ei lapio. Sut ydych chi'n
bwriadu ei chario adref?'

'Hedfan?' meddai Siriol, mewn
penbleth.

Chwarddodd y dylwythen. 'Dydw i ddim yn credu y dylech chi hedfan i unman gyda hon, oni bai eich bod am gael hufen drosoch chi i gyd! Eisteddwch yn y fan hon am funud, ac fe ofynnaf i'r tylwyth teg sy'n ei lapio i baratoi set o olwynion i chi.'

Wrth i Siriol aros yn amyneddgar, edmygodd y rhesi diddiwedd o gacennau hyfryd o'i chwmpas – cacennau siocled hufennog â thrwch o siocled gwyn fel eira drostynt, *meringues* moethus wedi eu gorchuddio â mafon bychain bach, a chacennau sbwng anferthol, yn llawn ffrwythau melys – digon i dynnu dŵr o'r dannedd.

O gornel ei llygaid, cafodd Siriol gip ar gacen fach binc ag eisin disglair drosti. Edrychai mor gywrain, ond eto mor flasus. Doedd enw'r gacen ddim ar y label – dim ond y rhif pum deg tri.

'Mae'n hardd, on'd yw hi?' meddai tylwythen deg arall yn y ciw. 'Dyma'r Gacen Brysia Wella hudol – y gacen gyntaf i wella tylwyth teg sy'n sâl,' esboniodd.

'Byddwn i'n ddigon hapus i fod yn sâl petawn i'n cael un o'r rhain!' meddai Siriol.

'Fyddwn i ddim yn dweud hynny,' meddai'r dylwythen deg. 'Mae'n rysáit cymhleth dros ben, sy'n cynnwys dros gant o gynhwysion hudolus. Mae'n rhaid cael tystysgrif gan eich doctor cyn gallu archebu un o'r rhain. Yn ôl y sôn, mae'r moddion arbennig yn y gacen yn gryfach na dymuniadau dros wyth deg o dylwyth teg!'

Roedd Siriol wedi'i synnu'n fawr.

'Archeb rhif pum deg chwech, yn barod i fynd!' gwaeddodd llais o'r tu ôl i'r cownter.

'Fan hyn!' meddai Siriol, gan ddal ei thocyn yn yr awyr cyn dweud hwyl fawr wrth y dylwythen deg yn y ciw.

Roedd y gacen yn ANFERTHOL!

Roedd hi mor dal fel na allai Siriol
weld dros ei chopa!

'Mawredd mawr, Siriol! Gobeithio
nad yw'r gacen yna i gyd i ti!' meddai
llais cyfarwydd.

Edrychodd Siriol y tu ôl i focs y
gacen.

'Miss Alaw! Beth ydych chi'n ei
wneud yma?'

'O, dim ond dod i nôl cacen,' meddai
Miss Alaw, a golwg ffwdanus ar ei
hwyneb.

Sylwodd Siriol ar y blwch bach pinc
roedd Miss Alaw yn ceisio'i guddio

y tu ôl i'w chefn. Sylwodd hefyd ar y tocyn – rhif 'Pum deg tri'.

Ebychodd Siriol.

'Wel, mae'n rhaid i mi frysio,' meddai Miss Alaw, gan ruthro drwy'r drws cyn i Siriol gael cyfle i ddweud gair.

Er mai athrawes gerddoriaeth Siriol oedd Miss Alaw, roedd hi hefyd yn ffrind iddi, ac roedd Siriol yn siŵr y byddai'n teimlo'n well petai'n rhannu ei phroblem â rhywun. Doedd Miss Alaw ddim wedi bod yn ymarferion y côr drwy'r wythnos, ond doedd Siriol heb feddwl efallai bod Miss Alaw yn sâl. Roedd hi'n ysu am gael helpu Miss Alaw, ond doedd ganddi ddim syniad beth i'w wneud.

* * *

Wrth gerdded yn ofalus tuag adref, meddyliodd Siriol am Miss Alaw.

'Weithiau, dyw ffrindiau ddim eisiau rhannu pob cyfrinach,' meddyliodd Siriol, 'ac mae hynny hefyd yn rhan bwysig o fod yn ffrind da. Y ffordd

orau i mi fod yn ffrind da i Miss
Alaw yw trwy gadw'i chyfrinach yn
ddiogel.'

* * *

Y diwrnod canlynol, daeth Moli, Poli,
Mali a Siriol at ei gilydd i gael eu
picnic. Bu bron iddyn nhw lewygu pan
welon nhw'r gacen anferthol anhygoel,
yn llawn hufen a ffrwythau.

'Alla i ddim credu dy fod wedi cario
hon adref yn gyfan!' meddai Moli'n syn.

'Nawr rwy'n deall pam roeddet ti
eisiau cael y picnic yn dy ardd gefn
di!' meddai Mali, gan geisio
dewis pa ddarn
i'w gnoi
gyntaf.

'Roedd ganddyn nhw gacennau gwych yn y siop,' meddai Siriol, a'i cheg yn llawn. 'Roedd yno hyd yn oed Gacen Brysia Wella hudol, sy'n gwella tylwyth teg sy'n sâl.'

'O, rwy'n gwybod popeth am honna!' meddai Poli'n llawn cynnwrf. 'Cafodd ei dyfeisio flynyddoedd yn ôl, gan Dr Hudolus. Roedd 'na erthygl am y gacen yng nghylchgrawn *Gwyddoniaeth y Tylwyth* yr wythnos ddiwethaf, gan fod Dr Hudolus newydd baratoi rysáit newydd, well. Mae'r gacen yn cael ei gwneud yng nghanol y Bryniau Bythwyrdd, gan dîm o gogyddion sydd wedi cael hyfforddiant arbennig.'

Roedd Siriol yn llawn chwilfrydedd. 'Wyt ti wedi cadw'r cylchgrawn?'

'Ydw, achos bod 'na hysbyseb am bast dannedd arbennig ynddo ar gyfer fy llyfr sgrap – fe ddof i â'r cylchgrawn i'r ysgol ddydd Llun.'

* * *

Pan gafodd Siriol yr erthygl gan Poli ddydd Llun, wnaeth hi ddim hyd yn oed ei darllen cyn ei rhoi mewn amlen a'i gosod ar ddesg Miss Alaw pan nad oedd neb yn edrych.

'Alla i ddim credu nad yw hi yma eto heddiw!' meddai un o'r altos y tu ôl i Siriol yn y neuadd.

'Roedd gen i wers gerddoriaeth ddwbl gyda Miss Alaw y bore 'ma,' meddai Poli wrth Siriol, 'ac fe ruthrodd hi allan pan oedden ni ar fin eistedd i lawr.'

Bellach, teimlai Siriol yn fwy sicr nag erioed fod Miss Alaw yn sâl.

Eisteddai holl aelodau Côr Tylwyth Teg Ysgol y Naw Dymuniad yn llonydd, gan wylio bysedd y cloc yn tician. Yn sydyn, agorodd drws y neuadd led y pen. Teimlai pawb ryddhad mawr, tan iddyn nhw sylweddoli nad Miss Alaw oedd yno, ond Brenhines y Tylwyth Teg.

'Fy nhylwyth teg bach annwyl,' meddai, 'mae arna i ofn na fydd Miss Alaw gyda chi eto heddiw. Fory, efallai?' meddai, gan geisio swnio'n obeithiol.

Roedd y newyddion yn siom ofnadwy i rai o'r tylwyth teg. Roedden nhw'n poeni am y gystadleuaeth, a chyn hir llanwyd yr ystafell â'u swnian cwynfanllyd.

'Ond Frenhines, mae'r gystadleuaeth ymhen wythnos. Heb ymarfer wnawn ni fyth ennill, felly does dim pwynt i ni gystadlu,' ebychodd Moli.

'O'r hyn rwy'n ei ddeall,' meddai Brenhines y Tylwyth Teg, gan siarad â phawb, 'mae Miss Alaw wedi mynd ar daith frys i'r Bryniau Bythwyrdd. Rwy'n siŵr y bydd hi 'nôl fory, a gallwch chi ailddechrau ymarfer bryd hynny. Nawr, ceisiwch beidio â phoeni gormod – rwy'n siŵr y bydd popeth yn iawn yn y pen draw.' Gyda hynny, diflannodd.

'Wel,' meddai tylwythen deg dal, gan sefyll ar ei chadair i siarad â gweddill y grŵp, 'os yw dod i'r ymarferion yn ormod o ffwdan i Miss Alaw, wnaf i ddim ffwdanu chwaith! Rwy'n mynd. Pwy sy'n dod gyda fi?' Atseiniodd synau grwgnachlyd drwy'r neuadd.

'Alli di ddim mynd!' meddai Siriol gan sefyll ar ei thraed. 'All 'run ohonoch chi fynd! Meddyliwch am yr holl waith caled rydyn ni wedi'i wneud. Gallwn ni ennill y gystadleuaeth hon. Wrth gwrs y gallwn ni!'

'Beth yw'r ots?' meddai tylwythen deg â'i gwallt mewn dwy blethen, a oedd yn sefyll wrth ochr Siriol. 'Does dim ots gan Miss Alaw, mae'n amlwg!'

'Ie, wir!' Roedd bron pob tylwythen deg yn yr ystafell yn nodio'u pennau, yn cytuno.

'Wrth gwrs fod ots gan Miss Alaw!
Meddyliwch am yr holl amser mae hi
wedi'i dreulio yn ein dysgu ni, a'r holl
bethau rydyn ni wedi'u dysgu,' meddai
Siriol yn frwd.

Pe bai hi'n gallu dweud wrth bawb
bod Miss Alaw yn sâl, bydden nhw'n
siŵr o ddeall, ond roedd Siriol yn
gwybod y dylai hi gadw'r gyfrinach yn
ddiogel, er mwyn bod yn ffrind da.

'Mae croeso i ti gredu hynny,'
meddai'r dylwythen deg dal, mewn
llais tawel a digalon. 'Rwy'n mynd, a
dydw i byth yn dod 'nôl!' Neidiodd i
lawr o'i chadair, taflu ei llyfr
cerddoriaeth ar y llawr, a mynd allan
o'r neuadd.

Yn araf bach, aeth pawb ar ei hôl –
pawb ond Siriol, Moli, Poli a Mali.

Yn ofalus, casglodd Mali yr holl lyfrau
cerddoriaeth. 'Mae'n rhaid bod
rhywbeth y gallwn ni ei wneud,'
meddai, gan geisio swnio'n obeithiol.

'Heb neb i'n harwain ni, does dim

llawer y gallwn ni ei wneud,' meddai Moli.

'Gadewch hyn i mi,' meddai Siriol yn sionc. 'Cofiwch fod ffrindiau am byth yn gweithio gyda'i gilydd!' meddai, gan godi'i ffon hud. Cododd y lleill eu ffyn hud gyda'i gilydd, gan wenu.

✳ ✳ ✳

Allai Siriol ddim hedfan yn syth wrth fynd i'r ysgol y bore wedyn. Roedd hi wedi bod yn brysur am y rhan fwyaf o'r nos, yn gwneud poster anferth i'w roi ar yr hysbysfwrdd.

'Waw!' meddai Moli, wrth ei weld.

'Alla i ddim credu dy fod wedi dod o hyd i arweinyddes newydd mor

HYSBYSIAD PWYSIG

At sylw:
Côr Tylwyth Teg
Ysgol y Naw Dymuniad.
Hoffai'r Arweinyddes Dros Dro wahodd holl aelodau'r côr i ymarfer arbennig ar ôl ysgol.

fuan ers ein gadael ni neithiwr.'

'Do'n i ddim yn gwybod bod

arweinyddes arall yn Nhre'r Blodau,'
meddai Poli.

Gwridodd Siriol, gan edrych i lawr
ar ei thraed.

'Wel, dydw i ddim wir wedi dod o
hyd i un eto,' sibrydodd. 'Os na fydda
i'n gallu cael rhywun mewn pryd, ro'n
i'n meddwl rhoi cynnig arni fy hun,'
meddai, gan ysgwyd ei ffon hud yn
union fel arweinydd.

Edrychodd Moli, Poli a Mali ar ei
gilydd yn betrusgar.

'Siriol, amser cinio ddoe fe wnest ti
amddiffyn Miss Alaw, ac achos hynny
ti yw'r dylwythen deg fwyaf
amhoblogaidd yn yr ysgol nawr, yn
hytrach na'r un fwyaf poblogaidd. Rwy'n
credu bod perygl i ti golli'r ffrindiau
sydd gen ti ar ôl, os wyt ti'n credu bod
hwnna'n syniad da,' meddai Moli.

Nodiodd Poli a Mali eu pennau'n
dawel y tu ôl i Moli, gan geisio peidio
â brifo teimladau Siriol.

Dechreuodd Siriol deimlo'n ddigalon

wrth feddwl y gallai hi golli ffrindiau
drwy fod yn ffyddlon i ffrind arall, ond
roedd hi'n benderfynol o lwyddo.

'Mae'n well i mi fynd i chwilio am
arweinyddes arall, 'te!' meddai, gan
hedfan i ffwrdd drwy gatiau'r ysgol,
dros y bryn, i lawr y lôn gefn, ac i fyny'r
llwybr bach troellog at dŷ Miss Alaw.

* * *

Os oedd unrhyw un yn gwybod lle
gallai Siriol ddod o hyd i arweinyddes
newydd, Miss Alaw oedd honno. Roedd
Siriol yn gobeithio na fyddai hi'n rhy sâl
i'w gweld.

Canodd y gloch yn betrusgar.

'Helô,' meddai tylwythen deg hardd
wrth agor y drws.

'Rwy'n credu
efallai 'mod i
yn y tŷ anghywir,'
meddai Siriol, gan
ymddiheuro.
'Ro'n i'n chwilio
am Miss Alaw.'

'Mae arna i ofn ei bod hi allan ar hyn o bryd,' meddai'r dylwythen deg. 'Fi yw Miss Swyn, ei ffrind gorau. Alla i helpu?'

Roedd Siriol yn siŵr ei bod wedi clywed yr enw o'r blaen, ac yn sydyn, daeth y cyfan yn glir.

'Y Fonesig Gwenhwyfar Swyn?!' ebychodd. 'Y gantores opera fyd-enwog?'

'Ie, ond rwy'n synnu dy fod wedi clywed amdana i. Rwy' wedi cadw o olwg y cyhoedd ers sbel nawr,' chwarddodd Miss Swyn yn swil.

Doedd Siriol ddim yn dawel yn aml, ond ar y foment hon allai hi ddim dweud gair!

'Rhyngot ti a fi,' meddai Miss Swyn, 'rwy' wedi bod yn sâl iawn, ond mae fy ffrind hyfryd, Miss Alaw, wedi bod yn gofalu amdana i. Fe wnaeth hi hyd yn oed ddod â chacen arbennig i mi o'r Bryniau Bythwyrdd, ac mae honno wedi rhoi hwb arbennig i mi!'

Roedd Siriol wrth ei bodd fod Miss

Swyn yn teimlo'n well, a'r un mor falch o glywed nad oedd Miss Alaw yn sâl.

* * *

Daeth Côr Tylwyth Teg Ysgol y Naw Dymuniad at ei gilydd yn y neuadd ar ôl ysgol. Roedden nhw'n edrych ymlaen yn fawr at gwrdd â'u harweinyddes newydd.

Wrth i Siriol gamu ar y llwyfan, dechreuodd pawb guro dwylo, ond doedd Moli, Mali a Poli ddim mor hapus. Roedd gan Siriol lawer o ddoniau, ond yn sicr doedd hi ddim yn arweinyddes!

'Pleser o'r mwyaf i mi yw cyhoeddi y bydd Miss Alaw yn arwain ymarferion y côr unwaith eto, o amser cinio fory ymlaen!' meddai Siriol.

Bloeddiodd pawb 'hwrê!' wrth glywed y newyddion.

'Ond, ar gyfer amser cinio heddiw yn unig, mae gennym athrawes gyflenwi arbennig, sy'n siŵr o wneud iawn am yr holl ymarferion ry'n ni wedi'u colli. Mae'n bleser gen i gyflwyno'r gantores opera fyd-enwog – ac yn bwysicach na hynny, ffrind gorau Miss Alaw – y Fonesig Gwenhwyfar Swyn!'

Bu bron i Moli, Poli a Mali gwympo oddi ar eu seddau pan gamodd y Fonesig Swyn ar y llwyfan.

Sleifiodd Miss Alaw i mewn drwy'r drws cefn, gan chwifio'i llaw ar Siriol a'r disgyblion eraill. Roedd hithau hefyd yn edrych ymlaen at glywed ei ffrind yn canu.

'Wn i ddim sut rwyt ti'n gwneud hyn!' meddai Mali, pan eisteddodd Siriol i lawr yn ei sedd.

'Does ond un peth y mae'n rhaid i ti ei gofio: bod yn ffrindiau yw'r hud cryfaf yn y byd!' atebodd Siriol, gan wenu o glust i glust.

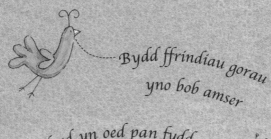

Bydd ffrindiau gorau
yno bob amser

hyd yn oed pan fydd
pethau'n anodd

Canu Campus

Roedd yr holl dylwyth teg yn Ysgol y Naw Dymuniad wedi bod yn ymarfer am oriau lawer ar gyfer Cystadleuaeth Ganu Ryngwladol y Tylwyth Teg.

Roedd Siriol Swyn wedi bod yn canu cymaint dros yr wythnos ddiwethaf nes bod ei llais yn swnio fel broga.

'Gobeithio y daw e'n ôl erbyn y gystadleuaeth!' crawciodd wrth Moli, Poli a Mali. Roedden nhw mewn ymarfer côr arall gyda'u hathrawes,

Miss Alaw, a oedd newydd roi pum munud o egwyl iddyn nhw.

'Ie wir,' meddai Mali. 'Bydd yn anodd i mi ganu deuawd heb bartner!'

Ceisiodd Siriol chwerthin, ond roedd hi bron wedi colli'i llais.

'Mae'n rhaid i ti orffwys dy lais,' meddai Poli wrthi. 'Dim ond ychydig ddyddiau sydd ar ôl tan y gystadleuaeth.'

'Paid â phoeni, fe gymera i dy le os na fydd dy lais wedi gwella,' meddai Moli, gan wenu'n ddireidus.

Roedd Siriol yn gobeithio â'i holl galon y byddai'n gwella'n llwyr. Roedd hi'n gwybod y byddai Moli yn canu'n dda, ond doedd hi ddim am golli ei chyfle i ganu'r ddeuawd gyda Mali.

'Wir, Siriol, ddylet ti ddim siarad o gwbl cyn y gystadleuaeth,' meddai Miss Alaw, yr arweinyddes, yn llawn pryder.

'Iawn,' meddai Siriol, gan roi ei llaw dros ei cheg wrth sylweddoli ei bod hi wedi siarad!

'Cofia, dim un gair wrth neb,' meddai Miss Alaw yn llym. 'Gobeithio y bydd dy lais di 'nôl ac yn gryfach nag erioed erbyn i ni gyrraedd Mynydd y Gân.'

Cododd Siriol ei haeliau ar Moli, Poli a Mali. Byddai'n anodd iawn iddi beidio â siarad, yn enwedig gyda'i ffrindiau gorau.

* * *

Ymhen dim o dro, roedd yn bryd i'r côr gychwyn ar eu taith hir ar y bws i Fynydd y Gân. Doedd llawer o'r tylwyth teg heb deithio mor bell erioed o'r blaen, ac ar ôl gadael yr ardal roedden nhw'n gyfarwydd â hi, gwelsant bob math o olygfeydd hudolus, fel lluniau o lyfr.

'On'd yw hyn yn wych?' meddai Mali, gan bwyso'i thrwyn yn erbyn y ffenestr.

Nodiodd Siriol ei phen yn frwd.

'Wyt ti'n cytuno bod yr olygfa'n syfrdanol?' meddai Mali eto, gan anghofio nad oedd Siriol yn cael siarad.

Cyffyrddodd Siriol ag ysgwydd Mali, a nodio'i phen mor frwd nes bod ei choron bron â chwympo i ffwrdd!

'Wps, mae'n ddrwg gen i!' meddai Mali. 'Ddylwn i ddim fod wedi gofyn i ti!'

* * *

Doedd Siriol ddim yn teimlo mor fywiog ag arfer yn ystod y daith. Roedd yn anodd iddi beidio â siarad gyda'i ffrindiau gorau, yn enwedig pan oedden nhw'n trafod y clecs yn rhifyn diweddaraf *Y Dylwythen Fach*. Roedd hi'n ysu am gael ymuno â'r sgwrs.

'Hoffet ti fedru siarad gyda ni?' gofynnodd Poli, gan ddyfalu beth oedd ar feddwl ei ffrind.

Edrychodd Siriol yn syn, a nodio.

Doedd dim pwynt ceisio esbonio, heb ddefnyddio'i llais, bod ei ffrind gorau wedi darllen ei meddwl.

'Mae'n edrych fel taswn i wedi darllen dy feddwl!' meddai Poli, gan roi cwtsh mawr iddi. 'Paid â phoeni, bydd dy lais di 'nôl cyn hir.'

Roedd Poli a Siriol wedi bod yn ffrindiau gorau ers amser hir iawn. Roedden nhw mor agos fel eu bod yn aml yn dweud yr un peth ar yr un pryd.

Weithiau, bydden nhw hyd yn oed yn ceisio ffonio'i gilydd ar yr un eiliad yn union, ac yn gweld bod y lein yn brysur oherwydd bod y naill yn ceisio ffonio'r llall.

'Mae'n ddoniol, on'd yw e?' meddai Poli, gan geisio meddwl am rywbeth i ddod â gwên i wyneb ei ffrind. 'Rwy' wedi arfer cymaint â darllen dy feddwl, rwy'n siŵr y gallwn i ddyfalu beth rwyt ti wedi'i bacio!'

Tynnodd Siriol lun marc cwestiwn yn yr awyr.

'Teits streipiog!' meddai Poli gan chwerthin. Byddai Siriol bob amser yn gwisgo teits streipiog, felly doedd dim rhaid gallu darllen ei meddwl i wybod y byddai'n pacio'r rheiny.

Yn sydyn, aeth wyneb Siriol yn welw, ac am unwaith, doedd gan Poli ddim syniad beth roedd hi'n ei feddwl.

'Wyt ti'n teimlo'n sâl?' gofynnodd Mali.

'Wyt ti eisiau i mi ofyn i Miss Alaw stopio'r bws?' gofynnodd Moli yn bryderus.

Ysgydwodd Siriol ei phen, a sgriblo nodyn cyflym ar gefn y cylchgrawn.

Rwy' wedi gadael y cês sy'n dal gwisgoedd y côr yn yr orsaf fysiau!

'O brensiach,' meddai Poli, gan sylweddoli bod hyn yn dipyn o broblem.

'Beth ar wyneb y byd hud wnawn ni ei wisgo yn ein perfformiad?' meddai Moli, gan ddechrau pryderu.

'Mae'n rhy hwyr i ni fynd yn ôl, ac rydyn ni'n rhy bell i unrhyw un ein cyrraedd ni,' meddai Mali.

Roedd Siriol yn dawel fel llygoden fach.

* * *

Roedd Siriol wrth ei bodd yn gwnïo. Doedd neb yn Ysgol y Naw Dymuniad yn well na hi.

Hyd yn oed cyn meddwl am gystadlu gyda'r côr, roedd Miss Alaw wedi gofyn i Siriol gynllunio gwisg arbennig ar eu cyfer. Roedd hi'n credu y byddai pob tylwythen deg yn teimlo'n rhan bwysig o'r côr pe baen nhw i gyd yn gwisgo'r un wisg.

Roedd Siriol wedi creu rhywbeth anhygoel –
ffrog arian ddisglair, hardd, gydag adenydd arbennig wedi'u gwnïo i mewn i'r cefn.

Pan welodd Miss Alaw y wisg, fe drefnodd i gael gwneud un ar gyfer pob aelod o'r côr. Gyda'r gwisgoedd hyn, roedd hi'n siŵr y byddai'r tylwyth teg yn teimlo'n gwbl hyderus ac yn ennill y gystadleuaeth yn hawdd.

* * *

Amser brecwast fore trannoeth yn y gwesty, fe wnaeth Miss Alaw gyhoeddiad:

'Dylwyth teg, mae arna i ofn bod gen i newyddion drwg. Yn anffodus, mae ein gwisgoedd ar gyfer y gystadleuaeth wedi . . . ym . . .

crwydro i rywle,' meddai, gan geisio peidio â brifo teimladau Siriol. Roedd hi'n gwybod ei bod yn teimlo'n ofnadwy yn barod.

Tawelodd bwrlwm y tylwyth teg. Heb eu gwisgoedd, doedden nhw ddim yn credu bod gobaith iddyn nhw ennill y gystadleuaeth.

'Wel, o leiaf dim ond ein ffrogiau sydd ar goll, ac nid ein lleisiau,' meddai Moli, gan siarad yn uwch nag yr oedd wedi bwriadu.

'Mae lleisiau ardderchog gan bob un ohonoch chi, ac rwy'n gwybod y gallwn ni ennill y gystadleuaeth hon ar sail safon arbennig eich lleisiau'n unig,' meddai Miss Alaw, gan geisio cysuro pawb, yn enwedig Siriol. Ond roedd Siriol yn dal i deimlo'n ofnadwy, ac roedd yn benderfynol o wneud iawn i bawb am y peth.

* * *

Treuliwyd gweddill y bore yn cofrestru ar gyfer y gystadleuaeth.

Roedd miloedd o adenydd tylwyth teg tlws yn llenwi cyntedd neuadd y dref.

Roedd hyd yn oed Miss Alaw yn synnu at nifer yr ysgolion oedd yn cystadlu.

'Ydych chi'n credu bod gennym ni siawns o ennill?' gofynnodd Mali'n nerfus i'w hathrawes.

'Rwy'n credu y gallwn ni lwyddo, ond y peth pwysicaf oll yw eich bod chi'n credu hynny hefyd,' meddai Miss Alaw yn hyderus.

'Ond y ffrogiau . . .' meddai Mali'n drist. 'Does dim byd i ddangos ein bod ni'n dîm.'

'Bydd eich lleisiau'n gwneud hynny,' meddai Miss Alaw. 'Bydd rhai o'r tylwyth teg yn edrych yn dda, ond byddwch chi'n swnio'n ardderchog!'

✳ ✳ ✳

Teimlai Moli'n sicr mai hi oedd y dylwythen deg fwyaf ffasiynol yn Ysgol y Naw Dymuniad, ond wrth iddi edrych o gwmpas neuadd y dref, cafodd syndod o weld beth roedd rhai o'r tylwyth teg eraill yn ei wisgo.

Roedd y ffasiynau'n llawer mwy mentrus na'r ffasiynau 'nôl gartref. A hithau'n benderfynol o gael y cyngor gorau posib, anelodd Moli'n syth at y grŵp o dylwyth teg ffasiynol yng nghornel yr ystafell.

Doedd Moli ddim wedi bod yn siarad gyda'r tylwyth teg am eu gwisgoedd trawiadol am yn hir pan sylwodd Siriol ar ei ffrind a hedfan draw ati.

'Dyma fy ffrindiau newydd, Pinca, Swfi a Piê. On'd yw eu ffrogiau nhw'n anhygoel?' meddai Moli wrth Siriol, wrth fwytho'r defnydd sidanaidd amryliw.

'Helô,' meddai'r tylwyth teg, fel parti cydadrodd â lleisiau bach gwichlyd.

'Dyna enwau anarferol,' meddai Siriol. 'O ble rydych chi'n dod?'

'O'r fan hon!' atebodd pawb, mewn lleisiau unsain unwaith eto.

'Mae'n rhaid eich bod chi'n gantorion gwych,' meddai Moli'n eiddigeddus. 'Rwy'n clywed bod acwsteg arbennig yn y mynyddoedd yma.'

'Na, dydyn ni ddim yn wych,' meddai Piê, 'ond mae'n rhaid i ni ennill y wobr.' A throellodd o'i chwmpas, i ddangos holl liwiau disglair ei sgert ysblennydd.

* * *

Cafodd Siriol, Moli, Poli a Mali eu gwahodd gan Pinca, Swfi a Piê i ymweld â'u hysgol y prynhawn hwnnw. Allai Moli ddim aros i weld gwisgoedd y tylwyth teg eraill yn Ysgol Mynydd y Gân! Ond ar ôl cyrraedd, cafodd Moli siom fawr. Yn hytrach na chwmwl disglair o ddillad prydferth,

roedd y tylwyth teg yn gwisgo
ffrogiau tenau tyllog, ac roedd eu
hysgol hefyd yn llwm iawn.

'Fel y gwelwch chi,' meddai Piê,
'ysgol syml iawn sydd gennym ni.
Yma, yn y mynyddoedd, mae'n anodd
iawn cael unrhyw beth.'

'Dyna pam ein bod ni eisiau
ennill gwobr y gystadleuaeth, sef
offer modern i'r ysgol,' esboniodd
Swfi.

'Ond sut lwyddoch chi i wneud y
gwisgoedd hardd ar gyfer y
gystadleuaeth?' gofynnodd Moli'n syn.

'Fe wnaeth pawb yn yr ysgol

gyfrannu ychydig at ein gwisgoedd,'
meddai Pinca.

'Dim ond tair ohonon ni sydd yn y
côr, felly mae'n bwysig ein bod yn
edrych fel grŵp go iawn.'

'Mae hynny'n bwysig, on'd ydy?'
meddai Siriol yn drist, gan feddwl am
eu ffrogiau a adawyd ar ôl. 'Mae
rhannu rhywbeth tebyg yn dod â
phawb at ei gilydd.'

Yn sydyn, canodd cloch fach fach.

'Rhaid i ni baratoi!' meddai Piê.
'Dyna'r gloch amser cinio.'

Ond cyn i Siriol, Moli, Poli a Mali
ofyn at beth roedd yn rhaid paratoi,
ymddangosodd cannoedd o dylwyth
teg cyfeillgar o'u cwmpas, a phob un
yn ysu am gael gwybod o ble roedden
nhw'n dod!

* * *

Trwy gydol amser cinio, cafodd Siriol
a'i ffrindiau eu holi'n dwll ynglŷn â ble
roedden nhw'n byw, beth roedden
nhw'n ei fwyta, beth roedden nhw'n

hoffi ei wneud ac a oedden nhw'n bwriadu aros am byth!

Doedd dim llawer o fwyd gan dylwyth teg y mynydd, ond llwyddon nhw serch hynny i baratoi gwledd hyfryd i Siriol a'i ffrindiau.

'Dydw i erioed wedi cwrdd â chymaint o dylwyth teg cyfeillgar o'r blaen,' meddai Siriol wrth y lleill wrth iddyn nhw hedfan yn ôl i'r gwesty, y prynhawn hwnnw.

'Na finnau,' meddai Poli. 'Doedd ganddyn nhw ddim o'i gymharu â ni, ond roedden nhw mor hael.'

'Mae'r tylwyth teg yn Ysgol Mynydd y Gân yn enghraifft wych o ffrindiau go iawn,' meddai Mali. 'Gobeithio mai nhw fydd yn ennill y gystadleuaeth.'

'Dydw i ddim yn credu hynny rywsut,' sibrydodd Moli, 'achos clywais i nhw'n ymarfer, ac roedden nhw'n swnio'n ofnadwy. Doedd dim un nodyn mewn tiwn!'

* * *

Ar fore'r gystadleuaeth fe hedfanodd Siriol, Moli, Poli a Mali nerth eu hadenydd i neuadd y dref.

Gwibiodd y pedair drwy'r drws, yn gynnwrf i gyd wrth feddwl am fwrlwm yr holl bethau cyffrous oedd o'u blaenau.

O'u cwmpas, roedd criw mawr o dylwyth teg wrthi'n paratoi ar gyfer y gystadleuaeth.

Roedd yna dylwyth teg yn cynhesu'u
lleisiau'n swnllyd, rhai'n twtio'u
gwisgoedd ar y funud olaf, ac eraill yn
gwibio'n wyllt i mewn ac allan trwy'r
drysau mawr trwm i gefn y llwyfan.

Oherwydd nad oedd ganddynt
wisgoedd i newid iddyn nhw, doedd
dim llawer y gallai Côr Ysgol y Naw
Dymuniad ei wneud heblaw eistedd ac
aros eu tro.

Gan wthio drwy'r dorf, hedfanodd Piê, Pinca a Swfi at Siriol. Roedden nhw'n cario bocs mawr.

'Diolch byth ein bod ni wedi dod o hyd i chi mewn pryd,' meddai Piê, gan gyflwyno'r bocs yn falch iddyn nhw. 'Fe adawoch chi heb y rhain.'

Edrychodd Siriol yn syn ar y bocs.

'Anrheg ydyn nhw. Rydyn ni'n eu rhoi i ffrindiau sy'n dod i'r ysgol, i gofio amdanon ni. Dylai fod digon yma i bawb yn eich côr gael un.'

Yn araf, agorodd Siriol y bocs. Ynddo, roedd ugain torch hyfryd, wedi'u gwneud o flodau harddaf Mynydd y Gân.

'O, Piê!' meddai Siriol yn syfrdan. 'Diolch yn fawr!

Rydych chi wedi rhoi digon i ni'n barod.'

'Waw!' meddai Moli, wrth gael cip ar y blodau prydferth.

'Does gen ti ddim syniad pa mor berffaith yw'r rhain,' meddai Mali. 'Fe wnaethon ni anghofio dod â'n gwisgoedd ar gyfer y gystadleuaeth, a nawr bydd gennym ni rywbeth y gallwn ni i gyd ei wisgo fel tîm.'

* * *

Cyn i'r gystadleuaeth ddechrau, rhoddodd Piê, Swfi a Pinca dorch o flodau'n ofalus o gwmpas gwddw pob un o'u ffrindiau newydd. Roedden nhw newydd osod y torch olaf pan glywon nhw lais drwy'r uchelseinydd yn eu galw i'r llwyfan.

'Pob lwc,' gwaeddodd Siriol, gan godi llaw arnyn nhw a chroesi ei bysedd.

'Dylwyth teg,' meddai Miss Alaw, gan guro ei dwylo i dynnu eu sylw. 'Ni sydd nesaf. Cofiwch anadlu'n ddwfn. Canwch gyda'r cyfeillgarwch sy'n llenwi'n calonnau ni oll, a gwisgwch eich torchau'n falch. Gallwn ni ennill!' meddai, gan arwain y ffordd drwy'r drysau dwbl. 'Canwch eich gorau glas!'

* * *

Canodd Côr Tylwyth Teg Ysgol y Naw Dymuniad yn fwy swynol nag y gwnaethon nhw erioed o'r blaen.

Gan deimlo'n gyfforddus yn eu dillad-bob-dydd, ond yn hyderus gyda'u torchau pert, fe ganodd pob tylwythen deg bob un nodyn yn berffaith.

Roedd hyd yn oed y beirniaid yn gegrwth wrth glywed deuawd Siriol a Mali.

Er ei bod yn gystadleuaeth galed, roedd eu perfformiad yn wirioneddol eithriadol.

Chafodd neb syndod pan gamodd y pum beirniad i'r llwyfan i gyhoeddi mai Côr Tylwyth Teg Ysgol y Naw Dymuniad oedd wedi ennill.

Â dagrau'n cronni yn ei llygaid, aeth Miss Alaw i gasglu'r wobr.

'Diolch. Diolch,' meddai. 'Ar ran Ysgol y Naw Dymuniad, hoffwn dderbyn y tlws hardd hwn. Byddwn yn ei drysori am byth. Rydyn ni'n ysgol arbennig iawn, oherwydd ein bod yn lwcus iawn o gael llawer o bethau hyfryd, gan gynnwys disgyblion caredig a chyfeillgar. Fel arwydd o'n cyfeillgarwch, hoffen ni roi'r wobr – yr offer ysgol – i Ysgol Mynydd y Gân.'

Ffrwydrodd cymeradwyaeth frwd drwy'r gynulleidfa, a dechreuodd pawb weiddi:

'Mwy! Mwy! Encôr! Encôr!'

Camodd Côr Ysgol y Naw
Dymuniad i'r llwyfan, gan wenu'n
falch.

'Ble mae Siriol?' sibrydodd Moli, gan
sylwi ei bod ar goll.

'Dyma fi!' atebodd, gan sboncio i'r
llwyfan gyda Piê, Swfi a Pinca.

'Mae'r gân hon,' meddai Siriol, gan
symud y microffon i ganol y llwyfan,
'i bawb sy'n ffrindiau am byth!'

Defnyddia dy galon
i wireddu

dy freuddwyd
berffaith

EmmaThomson

Gomer

Siriol Swyn

Cyfrinachau Cyfareddol

a storïau eraill

EmmaThomson

Gomer

Siriol Swyn

Dymuno Dawnsio

a storïau eraill

EmmaThomson

Gomer

Siriol Swyn

Gwyliau Gwych
a storïau eraill

EmmaThomson

Gomer

Siriol Swyn

Hwyl Hud
a storïau eraill